風が吹き

あなたはかえる

木の葉がふるえ

そして　わたしはかえる

雲が流れ

あなたはかえる

陽ざしに光るこずえが歌い

そして　わたしはかえる

わたしは詩人だ
だから永遠がみえる
だから永遠を生きようとする
だから永遠を伝えようとする

－祈り－

心の奥の深い深い
悲しい思いが
鳥になって飛んでゆく
大空を飛んでゆく
心の底のかけがえのない
切実な願いが
いなずま《閃光》となって宇宙を翔ける
無限宇宙を飛んでゆく
とどけ
とどけ
この思い
光れ
光れ
この願い

詩集

志創超

真理矢 Solitone

文芸社

故　辻光之助先生に捧ぐ

― 詩　抄 ―

「宇宙塵」

より

空が空であるように
風が風であるように
自由はあなたそのもの
ひとひらの宇宙塵が　星であるように
生命のきらめきは不滅の時空
海鳴りの音がきこえないか
初元のさざめき
生命の調和音《ハーモニー》
風が風であるように
空が空であるように

時の満ちる音を
　　　きいたことがありますか
流れゆく森羅万象のただ中に
　　　自らの足音をきいたことがありますか
二度とは帰りこぬ瞬時の輝き
今の中に閉ざされた人間の時間の
明日とは常に　実体のない非現実
生のただ中で
静かに熟した
今の音をきいたことがありますか

詩人のロマンは
遠くからやってくる
海鳴りのかなたから
億光年の宇宙から
詩人の希望は
遠くからやってくる
文明興亡のかなたから
個存在の壁を越えて
静かに　確かに
ひたひたとやってくる

星くずのひとひら
あなたの億光年の必然に
火をともせ
暗くて　暗くて
あなたが見えないから
火をともせ

深い　深いところで

生き続けている透明な

静かな　静かな

あのさざ波の音に耳をかたむけよう

あなたは太陽であった

私は宇宙であった

出会いとは歴史ではなかったか

静かに朽ちないものを

確かに抱いて歩もう

友よ

創造とは
かぎりなく普遍的なものを求める
心の旅である
真実《まこと》の創造者への
絶えることのないあこがれであり
自らの根底に存するところの
ひとすじの灯が
永遠へと続く光の大地を見るまで
焦がれ続ける冒険者のように
虚無に抗して
ひたすら挑戦をいどむ

一枚ずつ衣を脱ぎすてるように
　価値観をすてていく
自らの内部に在る　かすかな何ものかが
透明に私自身になるとき
それは
　私に脱ぎすてるものが
　　　　なくなるときであろう
その時こそ
　私が　透明に
　　存在そのものになるときなのだろう

見上げれば

主よ

あなたはそこにおられます

さらさらと

頭の中に川が流れて

白骨のように清くなった私が

すずやかに存《い》て

見上げれば

主よ

あなたはそこにおられます

―詩抄―

「Roman《ロマン》」

より

存在の詩《うた》

底流にさらさらと
生命《いのち》の流れがある
静かにみつめよう
捕われ人のあなたではない
生存の重みにあえぐあなたではない
流れ続けてよどむことのない
あなたの中のあなた自身が
さらさらと息づいている
ただそっと耳をすますだけでよい
静かにみつめるだけでよい
あなたの中のあなたに沈んでみよう
きらきらと光るかけがえのないものが
生命《いのち》の音をかなでている

底　流

生命《いのち》は自由だ
存在の深い深いところで
自分自身の底流に出会ったら
生命の流れを知るだろう
そこには億光年の宇宙と
愛し続けてやまないものが
すべて生きているのを
　　　　　知るだろう

Romanが心に満ちてくる

次空《じくう》がある

生命《いのち》のきらめきを

みつめ続けられる

次空がある

真実だけが

Romanにつつまれて生きている

次空がある

過去と未来が

一瞬の中に生きて動いている

次空がある

希望の実在が

人の中で確かに生命《いのち》をもっている

次空がある

あなたに捧げるバラード

あなたは　白い白い
ぬけるように白い
こぶしの花がすきだから
私は白い花になろう
あなたは　春の日の
雨にぬれた枝をわたる
無心な　すずめの心が
すきだから
私は　すずめになって
飛び立とう
あなたは　風のような私が
すきだから
私はいつも風のように
詩《うた》い続ける

Romanとは
夢やまぼろしのことではない
日常の中に確かに
生きていて
実在する
それは人の心の中に
住んでいる
人の存在の永遠性を
光る時の不滅性を
透明な心に呼びかけてくる
風のようにつかめない
でも見つめようとする心には
みえてくる
耳をすますときに
きこえてくる
触れようとするときに
そこにある
生きることを愛するときに
生命《いのち》のただ中できらめいている

すずめがコンクリートの上を
チョンチョンと歩いている
茶色い筋肉質のねこが
草かげからあらわれて
キョロキョロと
ゆだんなくあたりを見まわし
横切って歩いて去った
小雨が細い糸のように
とぎれとぎれに降っていて
風が
目に美しい緑のこずえを
　　　　　　　　　　ゆすり
ああ　生きているのはいい

自分自身の内部に在る
宇宙をみつめよ
ぬけがらのような
外的自分自身の表皮が
あまり大きな意味をなさない次空《じくう》
そこに存在の原点が
朝露のように光っている
宇宙を呼吸している
かぎりなく
生命《いのち》を詩っている

人の面《おも》差《ざ》しに歴史あり

人の眼《まな》差《ざ》しにRomanあり

生きて輝く歴史あり

数知れぬRomanあり

時よ　光れ

生命《いのち》よ　燃えよ

人のRomanを物語れ

いぶし銀のような
働く男たちの顔
工事用ヘルメットの下に
陽焼けした赤銅色のしわ
汗が光っている
尊いものを　尊いものを
宿した背中
年月がみがいた人の魂《いのち》
あなたが輝いていてほしい
いつの日も

酔っぱらいの詩《うた》

金がない
力がない
若さを失った
野望が消えた
でも何かがある
過去も明日も越えた
光る時がある
Roman をみつめる
目がある
人を愛せる　愛したい
生命《いのち》がある
多くを失い
永遠をみい出した
たなごころの中に
生きることを学んだ
求め続けたものが
ここにあった
飲めよ
飲みほせ
生命《いのち》の味がする
静かな夜の味がする

ティータイム

心のすずやかな
流れの底で
静かな　まどろみの中に
Roman が
生まれている
この流れに身をゆだねて
よろこびと悲しみの
かなたの夢をみよう
折目を正して
日々の闘いを生きる
そんな構えに
慣れてしまった
バックミラーに映る
闘いの姿勢は暗すぎる
目を閉じて
心のすずやかな流れの底に
今日の Roman をさがそう
今日を生きるために
今日を愛するために

たえまなく
Romanの中に
　　生きていることは
至難なことだ
孤高に立って
闘い続けることを
間断なく決意するときにのみ
許されて在る
光る空間なのだ
背すじを正し
正眼に構え
今日という日に
自らの生をかけて
何が為せるか
何を創れるか
何に耐え
何をみつめているか
生命の奥深いところに
祈りが
　　祈りが支え続けるダイナミズム
それが
　　Roman

オートバイを愛する連《やから》が好きだ
肩先をつっきる
　風の音を愛する連が好きだ
あのマシンの美しさを
　　　　　知っている連が好きだ
排気筒から伝わる
　あの確かな振動音を愛する連が
　　　　　　　　　　　　好きだ
彼らは生きることのダイナミズムを
　己の肉体で感じとっている
あの余断をゆるさぬ
いつわりのない手ごたえが
　　　　　　　　　　　　好きだ

生きているっていいものだ
年を重ねるっていいものだ
街路樹の空が輝いてみえる
昨日よりも
今日は輝いてみえる
昨日よりも
今日は愛せるような気がする

Roman 讃歌

妥協がないということは
自らに厳しく課すことに他ならない
自らの底辺ぎりぎりの
選び取った一つ一つに
誰が是非の判断を加え得ようか
それはまさしく逃れようのない
ぎりぎりに自己と向かい合った極面だ
真実で在り続けることは
自らを裏切らない唯一の道だ
これしかない　あとがない
存在そのものの実在を
みつめつくして
　一すじの活路をみい出すなら
それは希望だ
それは祈りだ
明日へ旅立つ意志だ
Roman
追い求めるものは
　　　　　　　Roman
信じてやまないものは
　　　　　　　　　Roman

— 詩　抄 —

「灯」

より

絶望とは
ほんとうにほんとうに希望がないことを
骨の髄まで知ったときに
虚無の虚無のはてに
ただ静かに
自らの存在の根底の願いを
知ることなのだ
そしてそれしかないもうそれしかない
それしかないその宿願を
生も死も越えてしまったその灯を
　　　　　　　みつめつくしながら
ただ　ただ　登って　登って
　　　　登りつめるしかない

主よ
外は吹雪いています
苦境にあるということが
骨の髄までしみてくる日です
負けません
肩をすくめて歩く自分の姿に
まるで世界中から
人類のすべてから
受け入れることをこばまれた
　　　　孤独者のような
　　　　　　　影をみました
でも　体の底の底から
私の野性がよみがえってくることが
　　ひたひたとわかる日です
主よ
　負けません
　外は吹雪いています
　覚悟はできています

自らの中に
蒼白き雌豹《めひょう》の
影をみた
年月が過ぎて
根底に静かに秘やかに
燃え続ける火をみた
蒼ざめた頬の奥に
固く固く契《ちか》い続けてやまぬ
願いをみた
ジーンズに包んだ
やせた肩に
すりきれれば　すりきれるほど
求め続けてやまぬ
ロマンをみた

行動派は悲しい生きざま
果断なマスクの奥に
幾多の悲しみをいだいている
風を引き裂くヘルメットの下に
落きざりにした悲しみの破片を
　　　　いだきつづけている
風になって
　　風になって
　輝きを追う
何も語らぬ無表情に
多くの多くの願いを
　　　　　生きている
あくまでも前へ行く
あくまでも前をみつめる

— 詩　抄 —

「こもれ陽」

より

風をしばる　なわがないように
さすらい人をしばる
　　　　　おきてはない
徹しきれ
今を生きる以外に
　　　　　時はない
風を見た人がないように
さすらい人を測る
　　　　　測りはない
さすらい人の高貴さをこそ
　我が心の尊きとせよ

自由
自由はいい
たとえ
　生きていくための一日一日が
戦いの連続であっても
恐怖を背に
孤独を友に
この世ならぬものを
　　　みつめて生きても
自由を呼吸し
ひしひしと
　生きていることを愛せる
この余断ならぬ毎日さえ愛せる
希望が
　希望があるからだ
切実なものを
　切実なものを
決して裏切らないからだ

ペンペン草の詩《うた》

風にペンペン
今日もペンペン
ペンペン草の音がする

空にペンペン
明日もペンペン
ペンペン草は風まかせ

秋

秋が来るたびごとに
　遠足の青空の下で食べた
皮をむきやすいように
　ナイフの刃のすじが入っている
あなたが茹でてくださった
　あのふっくらとしたゆでぐりを
たとえ
　私が茹でなかったとしても
養母《はは》よ
私はあなたのやさしさを
けっして忘れてはいない
あなたのやさしさは
私の身体《からだ》の芯に
　しみ込んではなれない

こもれ陽

粛々《しゅくしゅく》たる朝
太陽に折目を正し
一杯のコーヒーに
今日の脈動を確認し
ひたひたと押し寄せる
心の高鳴りを
今日の支えとして
ほおに感ずる冷気に
身を清め
こもれ陽の下
　　　歩き出そう
こもれ陽の下
　　　歩いてゆこう

—詩　抄—

「暗雲」

より

暗　雲

どこにも
もっていきようのない暗さ
虚無の根底の暗雲を
どうしても
ふり払うことのできないような日は
この暗さの中に
身を沈めてしまおう
この暗さの底に
徹底　身を落としてみるのだ
暗くて　暗くて
　　　　たまらなくなって
やがて　また
自らのために
Romanを詩い始めるだろう

酒　場

こういうところにだって
ほんとうの絶望はないんだ
いつものように男や女が
　　　　　　　　集まってくる
様々なポーズで
　　　　　　酒を飲む
この限りある場所の中で
わめいたり　歌ったりして
ゆるされている
　　自分の少しの時間を
　　　　　　　　　知っている
申し合わせたようにかわす
　　　　　　　　　　冗談を
　　日々のかてにできる
　　　　　　　　　連中だ
酒を飲めばもっと覚める
　　　　おれたちの行き場はない
酒を飲んで
　　行き場のない孤独に
　　　　　　　　　身を浸せば
　何かが見えるかもしれぬ
そんな悲しい酒を
　　　　　　　知っているかい

練磨《テクニック》

ひきさがらない
不屈さが
虐げられた行き場のない
無念が
冷めたレーザーの目をもち
決意のくさびを
己自身に打ち込むとき
練磨《テクニック》は誕生する
限りない夢と
碧空にかけた契《ちか》いが
よみがえりの時を待つ
暗黒色の太陽のように
静かに確実に
燃え始める

おびえながらも
決して野卑な獣《けもの》にはならない
絶望の淵を歩きながらも
決して孤高を捨てない
屈辱に泣いて生きても
決して自らの尊厳を
なげうつことがない
強さの根底とは
そこにあるのだ

美しいものを
みつめ続けたら
美しくなれるかもしれない
真実をみつめ続ければ
真実になれるかもしれない
人の世の悲しい性《さが》を
知り尽くしても
知らないもののように
生きられたら
それがほんとうの
Power《パワー》だ

―― 詩　抄 ――

「概念と魂」

より

詩とは
　言葉ではない
言葉の中に宿った
　生命《いのち》である

私の詩は
　　生きた哲学で
　　　　　　ありたい
人の心に
　　ピッケルのように
生命《いのち》の意味を
　　訴えてやまない
生きた詩でありたい
輝くのは
　　言葉じゃない
光るのは
　　文体じゃない
言葉に宿った
　　生きた人の魂が
いなずまのように
　　人の心に流れ込む
詩人よ
あなたの存在から
　　　　　　ほとばしる
生命《いのち》の言葉を書け
人の心の中で
　　　　生命《いのち》を持ち
　　つばさをもって
　　　　　　飛ぶことのできる
あなたの魂を書け
　　それが詩だ
　　光る言葉だ

生命《いのち》のダイナミズムを
概念としてとらえ
言葉に置きかえ
その言葉を
概念のままに
とどまらせない
それを生きたものとする
それが詩だ

さざんかの詩《うた》

裸になっていく樹木が
華やかな季節を終えて
冬の到来を告げている
しっかりと防寒着に身を包んだ
　　　　　　　　　オートバイが
枯葉を踏んで走る
氷の中で極寒に耐える
　　　　　　　池魚のように
冬の到来は
　　　　生命《いのち》の試煉
これでもか　これでもかと
ただ前を走る
ひたすら前をみつめる
Roman よ
木枯らしの中でこそ
吹雪の中でこそ
おまえを見失うまい
華麗に燃えよ
冬の花

― 詩　抄 ―

「孤影」

より

孤影

光の中を　歩きたくとも
影は影
影であることを主張すれば
もはや影ではない
影はあくまでも
影だから
影であることに耐える
光を支え続ける影は
光に知られることすら
　　　　　　　ないだろう
影であり続けるために
影は影
存在をかけて
影は影

いのち

今　我在りて
　　　完《まった》かる
時よ　生命よ
この生の宿命のただ中に在りて
この　いくばくの背丈
　　　いくばくの肉体
米　食うて
　　日々の　いのち　つなぐ
たち働きて
　　人の　かたち　つなぐ
今　我在りて
　　　完《まった》かる

この暗さを
持ちて生く
真実の暗さなれば
この悲しみを
抱いて生く
真実の悲しみなれば
この恐怖を
みつめて生く
真実の生きざまなれば
この孤独を
負いて生く
真実を貫く道なれば

人は
孤高に立てば
やさしくあれる
かぎりなく
　やさしくあれる
登りつめる道は
一つしかないからだ
みつめ続けるものは
一つしかないからだ
人は
宿命を受け入れれば
強くあれる
戦うしか
道が残っていないからだ

歴史を
　創らざるをえない人間たちがいる
どの時代においても
その時代のもつ
宿命的な人間性の不条理
その不条理に
一番感受しやすい
傷を負うことを避けて通れないような
その存在の内部に
　　　血を流し続けている人間たちがいる
時代は
この人たちの手に
　　　　　　握られている
それは声のない
人の底辺の生命《いのち》の叫びだからだ

人の世界で
悲しく
反目し合う何かが
人の尊い
真の心の願いを
疎外している
ただ黙して
裁き合うことをやめて
強く
そして
かぎりなくやさしく
　　　　　　あればよい

—詩　抄—

「淵」

より

—序章—

生きていれば
かたちが在れば
見ることができる
触れることができる
認識《し》ることができる
でも死んだものは
二度ともどらない
どうしても
どうあっても
どんなことがあっても
生きていてほしかった
生きていてほしかったものを
人は　失うことがある
生き残った者に
　　　　　残されているものは
淵という
　どこまでも続く砂漠だ

ある者は
　「復讐」という
　決して実ることのない
　　　　悲しい情念の砂漠を
　自らを引き裂きながら
その自らの流す血によってしか
　　　　冷ますことのできぬ
　　　　　　思い出とともに
　　絶望へと歩き出す
自らの失ったものを
　そうだと認識しえぬ者は
肉体をぬけがらのように捨て
心はこの世界に住むことをやめ
狂気の世界で
　　失ったものとともに
　　　　　　生きようとする
　　—　—　—　—　—
そして　もう一つの道がある

それは
　「存在の死」を
　　　　　　死ぬことだ

生も死も
　　越えてしまった彼方《かなた》
人の世の性《さが》を
　　はるかに越えた
　　　　存在の極《きわ》みに
すずやかな河の流れる
　　　　　　次空《じくう》がある
その冷厳なる
　　　　孤高の峰で
かけがえのないものに
　　再び出会うのだ
すでに死んだものは
　　二度と死ぬことはない
愛するものとともに
　　永遠に生き続ける
そして　そのすずやかな
　　　　　　ひとすじの流れを
守り続ける番人になるのだ

人の心の砂漠を
のぞきみてしまった者は
人の存在の底辺に
漠々と広がる
このはてしない荒野を
さまよう旅人になる
失ったものなら
とり返そうとできる
まだ見ぬものなら
見ようとできる
知らぬなら
知ろうとできる
だが　無いものは無いのだ
無いということを
知り尽くすまで
歩かねばならぬのか

人としての
かたちを成している
最低条件
その存在の根底に
ハンマーを
打ちおろしてはならない
その根底の傷口から
ふき出す血を
止めることはできないからだ
悲しみも
怒りも
通り貫けてしまった
Energy《エナージー》は
ひとりでに
宿命へと歩き出す
誰も止めることができない

— 詩　抄 —

「真実」

より

—序章—

生きた

生きると決めた

　　　　あの日から

信じた

信じることにかけた

　　　　　　あの日から

背負う

この宿命

背負うて生きる

今よりのち

高貴なる魂とは
　　　　　何だろう
むさぼらぬこと
他をうらやまぬこと
今　与えられて在る
　　　　自らのすべてを用いて
ただひたすら
　自らになしうることのみを模索し
ひたむきに
　　　豊かさと輝きを追う
けっして
　他者との比較のうちに
自らの存在の価値観を
　　　　　　　　置かぬことだ

創り出す者は
高貴だ
いつの時代でも
怒りを
自らの手に握る鍬《くわ》に
悲しみを
自分の手にある
いくばくの道具と熱情に
たくして
夢を見ることが
できる者は
どんなことがあろうとも
その魂を捨てない
売り渡さない
時がある
夢がある
生命がある
他に何がいるというのだ
創り出す者は
高貴だ

くずれたがれきの中で
夢を見ることができる者に
勝てる者はいない
創り出す者は
　　　　　高貴だ
人の生命の意味を
　　　　　知っているからだ
真に自由の意味を
　　　　　知っているからだ
創り出す者を
　　しばるなわはない
生きるということの
　　不条理を越えて
怒りを
悲しみを
やり場のないなげきを
そのいくばくの自らの存在に
　　　　　　　　　　　　かけて
夢見ることのできる者を
　　しばるものは何一つない

— 詩　抄 —

「不死鳥」

より

—序章—

飛び立て

私の中の

一羽の鳥

存在の窮極に

在りて

我を我たらしむる

不屈なる

Energy《エナージー》 よ

不死鳥

知らずいずこより来《きた》るや
知らずいつの日に来《きた》るや
曰《いわ》く此《これ》風中より来《きた》る
知らずいずこへ向いて飛ぶや
知らずいつの日に去るや
曰《いわ》く必ず此鳥《このとり》帰り来《きた》る
知らず何故《ゆえ》生ぜしや
曰《いわ》く此《これ》地燃ゆるに生ず
知らずいつの日に死すや
曰《いわ》く此鳥《このとり》死せず

— 詩　抄 —

「超流」

より

「一流」考

おおよそ
　愛するところを愛し
　信ずるところを信じ
その思い　志《こころざし》
人の生くる道の原点を
　　　　　　　つらぬき
その心
人の人たる魂の根源に
　　　　　　　根ざしたる
　一《ひと》もとの流れあり
それを一流という

超一流

一流を愛し
そして　その中に
生きえなかった者
一流を裏切ることなく
そして
その世界に生きられなかった者
かたちを
　創りゆく者たち
すべての価値観に捨てられ
なおも
　生き残った者の歩く道

風の伝説

かたちを持たぬ
孤独な風は
何人《なんぴと》の評価をも越え
在りながら
その存在を
決して他者に認識《し》らされることが
　　　　　　　　　　なかった
風は誰よりも
人のよろこびをよろこび
人の悲しみを悲しみ
人の住む里とそしてその平和を
　　　　　　　　　　愛していた
だが風は
自分の姿が誰にも見えない
　　　ということを知っていた
風が
自らの姿を

もし誰かに見せることができたなら
その時は
もはや風ではない
風は
風だから
人の根源をつらぬき
宇宙のかなたをみつめ
そしてRomanがみえる

風の音に耳をすましてごらん
風が孤峰をわたる音が
　　　　きこえてくる……
風は
風だから孤独なのだ
そして孤峰をわたる風は
Romanを知る者の心に
　　吹いているのかもしれない

風の中で
笑うもの
風の中で
きらめくもの
風の中で
みつめているもの
風の中で
生まれるもの

Vision

御意志《みこころ》によりて　生く

我が生き様の根拠

ただ　我が創造主あるのみ

自らの弁明に

　　語るに足る言葉なし

天を仰ぎて

　　　我が父と呼び

風に語り

光る大地をいつくしむ

星よ

彼方《かなた》を照らせよ

我が心の

　　　ひともとの灯

かかげて走りゆかんため

真理矢 Solitone

著者プロフィール

真理矢 Solitone（まりや ソリトン）

詩人としての著者独自の宇宙観には、著者が師と仰ぐ辻光之助氏（「星を見る人」として天文観測ひとすじに生涯を捧げ東京天文台の礎となった天文学者）による自然科学観の広大な背景がある。『志創超』は著者の多くの詩抄集の中から抜粋された詩によって構成されている。
詩人とは風のようなものと語る著者の希望により著者個人については記載せず。

詩集 志創超

2010年11月15日　初版第１刷発行

著　者　真理矢 Solitone
発行者　瓜谷 綱延
発行所　株式会社文芸社
〒160-0022　東京都新宿区新宿1－10－1
電話　03-5369-3060（編集）
03-5369-2299（販売）

印刷所　株式会社フクイン

ISBN978-4-286-09589-9